66

Dans la même Collection :

Gaston LEROUX :	*Le dîner des bustes.*
Guy de MAUPASSANT :	*La serre, Mots d'amour,* *La mère aux monstres,* *Confessions d'une femme.*
Edgar Allan POE :	*Le puits et le pendule,* *Le portrait ovale.*
Miguel de CERVANTES :	*La force du sang.*
Horacio QUIROGA :	*Le spectre,* *La poule égorgée.*
Théophile GAUTIER :	*La morte amoureuse.*
CRÉBILLON fils :	*Le sylphe.*
Octave MIRBEAU :	*Veuve,* *Paysage de foule.*
STENDHAL :	*Le Coffre et le revenant.*

Léon Bloy

La Tisane

suivi de

Une idée médiocre
Propos digestifs

Nouvelles et Contes
Alfil

LA TISANE

Jacques se jugea simplement ignoble. C'était odieux de rester là, dans l'obscurité, comme un espion sacrilège, pendant que cette femme, si parfaitement inconnue de lui, se confessait.

Mais alors, il aurait fallu partir tout de suite, aussitôt que le prêtre en surplis était venu avec elle, ou, du moins, faire un peu de bruit pour qu'ils fussent avertis de la présence d'un étranger. Maintenant, c'était trop tard, et l'horrible indiscrétion ne pouvait plus que s'aggraver.

Désœuvré, cherchant, comme les cloportes, un endroit frais, à la fin de ce jour caniculaire, il avait eu la fantaisie, peu conforme à ses ordinaires fantaisies, d'entrer dans la vieille église et s'était assis dans ce coin sombre, derrière ce confessionnal pour y rêver en regardant s'éteindre la grande rosace.

Au bout de quelques minutes, sans savoir comment ni pourquoi, il devenait le témoin fort involontaire d'une confession.

Il est vrai que les paroles ne lui arrivaient pas distinctes et, qu'en somme, il n'entendait qu'un chuchotement. Mais le colloque, vers la fin, semblait s'animer.

Quelques syllabes, çà et là, se détachaient, émergeant du fleuve opaque de ce bavardage pénitentiel et le jeune homme qui, par miracle, était le contraire d'un parfait goujat, craignit tout de bon de surprendre des aveux qui ne lui étaient évidemment pas destinés.

Soudain cette prévision se réalisa. Un remous violent parut se produire. Les ondes immobiles grondèrent en se divisant, comme pour laisser surgir un monstre, et l'auditeur, broyé d'épouvante, entendit ces mots proférés avec impatience :

— *Je vous dis, mon père, que j'ai mis du poison dans sa tisane!*

Puis, rien. La femme, dont le visage était invisible, se releva du prie-Dieu et, silencieusement, disparut dans le taillis des ténèbres.

Pour ce qui est du prêtre, il ne bougeait pas plus qu'un mort et de lentes minutes s'écoulèrent avant qu'il ouvrît la porte et qu'il s'en allât, à son tour, du pas pesant d'un homme assommé.

Il fallut le carillon persistant des clefs du bedeau et l'injonction de sortir, longtemps bramée dans la nef, pour que Jacques se levât lui-même, tellement il était abasourdi de cette parole qui retentissait en lui comme une clameur.

*

Il avait parfaitement reconnu la voix de sa mère!

Oh! impossible de s'y tromper. Il avait même reconnu sa démarche quand l'ombre de femme s'était dressée à deux pas de lui.

Mais alors, quoi! tout s'écroulait, tout fichait le camp, tout n'était qu'une monstrueuse blague!

Il vivait seul avec cette mère, qui ne voyait presque personne et ne sortait que pour aller aux offices. Il s'était habitué à la vénérer de toute son âme, comme un exemplaire unique de la droiture et de la bonté.

Aussi loin qu'il pût voir dans le passé, rien de trouble, rien d'oblique, pas un repli, pas un seul détour. Une belle route blanche à perte de vue, sous un ciel pâle. Car l'existence de la pauvre femme avait été fort mélancolique.

Depuis la mort de son mari tué à Champigny et dont le jeune homme se souvenait à peine, elle n'avait cessé de porter le deuil, s'occupant exclusivement de l'éducation de son fils qu'elle ne quittait pas un seul jour. Elle n'avait jamais voulu l'envoyer aux écoles, redoutant pour lui les contacts, s'était chargée complètement de son instruction, lui avait bâti son âme avec des morceaux de la sienne. Il tenait même de ce régime une sensibilité inquiète et des nerfs singulièrement vibrants qui l'exposaient à de ridicules douleurs, — peut-être aussi à de véritables dangers.

Quand l'adolescence était arrivée, les fredaines prévues qu'elle ne pouvait pas empêcher l'avaient faite un peu plus triste, sans altérer sa douceur. Ni reproches ni scènes muettes. Elle avait accepté, comme tant d'autres, ce qui est inévitable.

Enfin, tout le monde parlait d'elle avec respect et lui seul au monde, son fils très cher, se voyait aujourd'hui forcé de la mépriser — de la mépriser à deux genoux et les yeux en pleurs, comme les anges mépriseraient Dieu s'il ne tenait pas ses promesses!…

Vraiment, c'était à devenir fou, c'était à hurler dans la rue. Sa mère! une empoisonneuse! C'était insensé, c'était un million de fois absurde, c'était absolument impossible et, pourtant, c'était certain. Ne venait-elle pas de le déclarer elle-même? Il se serait arraché la tête.

Mais empoisonneuse de qui? Bon Dieu! Il ne connaissait personne qui fût mort empoisonné dans son entourage. Ce n'était pas son père, qui avait reçu un paquet de mitraille dans le ventre. Ce n'était pas lui, non plus, qu'elle aurait essayé de tuer. Il n'avait jamais été malade, n'avait jamais eu besoin de tisane et se savait adoré. La première fois qu'il s'était attardé le soir, et ce n'était certes pas pour de propres choses, elle avait été malade elle-même d'inquiétude.

S'agissait-il d'un fait antérieur à sa naissance? Son père l'avait épousée pour sa beauté, lorsqu'elle avait à peine vingt ans. Ce mariage avait-il été précédé de quelque aventure pouvant impliquer un crime?

Non, cependant. Ce passé limpide lui était connu, lui avait été raconté cent fois et les témoignages étaient trop certains. Pourquoi donc cet aveu terrible? Pourquoi, surtout, oh! pourquoi fallait-il qu'il en eût été le témoin?

Soûl d'horreur et de désespoir, il revint à la maison.

Sa mère accourut aussitôt l'embrasser :

— Comme tu rentres tard, mon cher enfant! et comme tu es pâle! Serais-tu malade?

— Non, répondit-il, je ne suis pas malade, mais cette grande chaleur me fatigue et je crois que je ne pourrai pas manger. Et vous, maman, ne sentez-vous aucun malaise? Vous êtes sortie, sans doute, pour chercher un peu de fraîcheur? Il me semble vous avoir aperçue de loin sur le quai.

— Je suis sortie, en effet, mais tu n'as pu me voir sur le quai. J'ai été me confesser, ce que tu ne fais plus je crois, depuis longtemps, mauvais sujet.

Jacques s'étonna de n'être pas suffoqué, de ne pas tomber à la renverse, foudroyé, comme cela se voit dans les bons romans qu'il avait lus.

C'était donc vrai, qu'elle avait été se confesser! Il ne s'était donc pas endormi dans l'église et cette catastrophe abominable n'était pas un cauchemar, ainsi qu'il l'avait, une minute, follement conçu.

Il ne tomba pas, mais il devint beaucoup plus pâle et sa mère en fut effrayée.

— Qu'as-tu donc, mon petit Jacques? lui dit-elle. Tu souffres, tu caches quelque chose à ta mère. Tu devrais avoir plus de confiance en elle qui n'aime que toi et qui n'a que toi... Comme tu me regardes! mon cher trésor... Mais qu'est-ce que tu as donc? Tu me fais peur!...

Elle le prit amoureusement dans ses bras.

— Ecoute-moi bien, grand enfant. Je ne suis pas une curieuse, tu le sais, et je ne veux pas être ton juge. Ne me dis rien, si tu ne veux rien me dire, mais laisse-toi soigner. Tu vas te mettre au lit tout de suite. Pendant ce temps, je te préparerai un bon petit repas très léger que je t'apporterai moi-même, n'est-ce pas? et si tu as la fièvre cette nuit, je te ferai de la TISANE...

Jacques, cette fois, roula par terre.

— Enfin! soupira-t-elle, un peu lasse, en étendant la main vers une sonnette.

Jacques avait un *anévrisme* au dernier période et sa mère avait un amant qui ne voulait pas être beau-père.

Ce drame simple s'est accompli, il y a trois ans, dans le voisinage de Saint-

Germain-des-Prés. La maison qui en fut le théâtre appartient à un entrepreneur de démolitions.

UNE IDÉE MEDIOCRE

Ils étaient quatre et je les ai trop connus. Si cela ne vous fait absolument rien, nous les nommerons Théodore, Théodule, Théophile et Théophraste.

Ils n'étaient pas frères, mais vivaient ensemble et ne se quittaient pas une minute. On ne pouvait en apercevoir un sans qu'aussitôt les trois autres apparussent.

Le chef de l'escouade était naturellement Théophraste, le dernier nommé, l'homme aux *Caractères* et je pense qu'il était digne de commander à ses compagnons, car il savait se commander à lui-même.

C'était une manière de puritain sec, harnaché de certitudes, méticuleux et auscultateur. Extérieurement, il tenait à la fois du blaireau et de l'estimateur d'une succursale de mont-de-piété, dans un quartier pauvre.

Quand on lui disait bonjour, il avait toujours l'air de recevoir un nantissement et sa réponse ressemblait à l'évaluation d'un expert.

Intérieurement, son âme était l'écurie d'un mulet inexorable, de l'espèce de ceux qu'on élève avec tant de sollicitude en Angleterre ou dans la cité de Calvin pour le transport des cercueils blanchis.

Il ne voulait pas cependant qu'on l'imaginât protestant, s'affirmait catholique jusqu'à la pointe des cheveux, ostensiblement mettait à sécher son cœur sur les échalas de la Vigne des élus.

Son fonds, c'était d'être *chaste*, et surtout de le paraître. Chaste comme un clou, comme un sécateur, comme un hareng-saur! ses acolytes le proclamaient immarcessible et ineffeuillable, non moins albe et lactescent que le nitide manteau des anges.

Oserai-je le dire? Il regardait les femmes comme du caca et le comble de la démence eût été de l'inciter à des gaillardises. D'une manière générale, il désapprouvait le rapprochement des sexes et toute parole évocatrice d'amour lui semblait une agression personnelle.

Il était si chaste qu'il eût condamné la jupe des zouaves.

Telle, à larges traits, la physionomie de ce chef.

*

Qu'il me soit permis d'esquisser les autres.

Théodore était le lion du groupe. Il en était l'orgueil, la parure et c'était lui qu'on mettait en avant lorsqu'il s'agissait de diplomatie ou de persuasion, car Théophraste manquait d'éloquence.

Il est vrai qu'en ces occasions,

Théodore se soûlait pour mieux rugir, mais il s'en tirait à la satisfaction générale.

C'était un petit lion de Gascogne, malheureusement privé de crinière, qui se flattait d'appartenir à la célèbre famille, à peu près éteinte aujourd'hui, des Théodore de Saint-Antonin et de Lexos, dont les rives de l'Aveyron connurent la gloire.

On eût été malvenu d'ignorer que ses armes, les fières et nobles armes de ses aïeux, étaient sculptées au porche ou dans un endroit quelconque de la cathédrale d'Albi ou de Carcassonne. Le voyage était trop coûteux pour qu'on entreprît une vérification, inutile d'ailleurs, puisqu'il donnait sa parole de gentilhomme.

Ces armes calquées avec attention sur du papier végétal, à la Bibliothèque Nationale, ne me furent pas montrées, mais la devise : *Par là sambleu!* m'a toujours paru aussi simple que magnifique.

Bref, ce Théodore fascinait, éblouissait ses amis dont l'ascendance n'était, hélas! que de croquants. Cependant, il ne pouvait être leur caporal, parce que tout éclat doit céder à la sagesse.

C'était le terne mais impeccable Théophraste qui les avait unis en faisceau pour que les orages de la vie ne pussent les rompre. C'était lui qui les maintenait ainsi chaque jour, leur enseignant la vertu, leur apprenant à vivre et à penser, et le bouillant Achille avait noblement accepté d'obéir à l'oraculaire Nestor.

Théodule et Théophile peuvent être expédiés en quelques mots. Le premier n'avait de remarquable que son apparente robustesse de bœuf docile et plein d'inconscience à qui on eût pu faire labourer un cimetière. Il était simplement heureux de marcher sous l'aiguillon et n'avait presque pas besoin de lumière.

Le second, au contraire, marchait

par crainte. Il ne trouvait pas le faisceau bien spirituel ni bien amusant; mais s'étant laissé ligoter par Théophraste, il n'osait pas même concevoir la pensée d'une désertion et tremblait de déplaire à cet homme redoutable.

C'était un garçon très jeune, presque un enfant, qui méritait, je crois, un meilleur sort, car il me parut doué d'intelligence et de sensibilité.

Voici maintenant l'idée misérable, l'imbécile guimbarde d'idée dont ces quatre individus formaient l'attelage. Si quelqu'un peut en découvrir une plus médiocre, je lui serai personnellement obligé de me la faire connaître.

Ils avaient imaginé de réaliser à quatre l'association mystérieuse des *Treize* rêvée par Balzac. Rêve *païen*, s'il en fut jamais. *Eadem velle, cadem nolle,* disait Salluste qui fut une des plus atroces canailles de l'antiquité.

N'avoir qu'une seule âme et qu'un seul cerveau répartis sous quatre épidermes, c'est-à-dire, en fin de compte, renoncer à sa personnalité, devenir nombre, quantité, paquet, fractions d'un être collectif. Quelle géniale conception!

Mais le vin de Balzac, trop capiteux pour ces pauvres têtes, les ayant intoxiqués, cet état leur parut divin, et ils se lièrent par serment.

Vous avez bien lu? *Par serment.* Sur quel évangile, sur quel autel, sur quelles reliques? Ils ne me l'ont pas dit, malheureusement, car j'eusse été bien curieux de le savoir. Tout ce que j'ai pu découvrir ou conjecturer, c'est que, par formules exécratoires, et le témoignage de tous les abîmes étant invoqué, ils se vouèrent à cette absurde existence de ne jamais avoir une pensée qui ne fût la pensée de leur groupe, de n'aimer ou détester rien qui ne fût aimé ou détesté en commun, de ne jamais observer le moindre secret, de se lire toutes leurs lettres et de vivre ensemble à perpétuité, sans se séparer un seul jour.

Naturellement, Théophraste avait dû être l'instigateur de cet acte solennel. Les autres n'auraient pas été si loin.

Employés tous quatre dans le même bureau d'un ministère, il leur fut possible de réaliser l'essentielle partie du programme. Ils eurent le même gîte, la même table, les mêmes vêtements, les mêmes créanciers, les mêmes promenades, les mêmes lectures, la même défiance ou la même horreur de tout ce qui n'était pas leur quadrille et se trompèrent de la même façon sur les hommes et sur les choses.

Afin d'être tout à fait entre eux, ils *lâchèrent* malproprement leurs anciens amis et leurs bienfaiteurs, parmi lesquels un fort grand artiste qu'ils avaient eu la chance incroyable d'intéresser un instant et qui avait essayé de les prémunir contre la tendance de marcher à quatre pattes comme des pourceaux...

Des années s'écoulèrent de la sorte, les meilleures années de la vie, car l'aîné Théophraste avait à peine trente ans, quand l'association commença. Ils devinrent presque célèbres. Le ridicule naissait tellement sous leurs pas, qu'ils durent plusieurs fois changer de quartier.

Les bonnes gens s'attendrissaient à voir passer ces quatre hommes tristes, ces esclaves enchaînés de la Sottise, vêtus de la même manière et marchant du même pas, qui avaient l'air de porter leurs âmes en terre et que surveillaient attentivement les sergots pleins de soupçons.

*

Cela devait naturellement finir par un drame. Un jour, le combustible Théodore devint amoureux.

On avait aussi peu de relations que possible, mais enfin, on en avait. Une jeune fille que Dieu n'aimait pas crut bien faire en épousant un gentilhomme dont les armoiries embellissaient très certainement la cathédrale d'Albi ou la cathédrale de Carcassonne.

Il est bien entendu que je ne raconte pas l'histoire infiniment compliquée de ce mariage qui modifiait, de la manière la plus complète et la plus profonde, l'existence mécanique de nos héros.

Dès les premières atteintes du mal, Théodore, fidèle au programme, ouvrit son cœur à ses trois amis, dont la stupeur fut au comble. D'abord, Théophraste exhala une indignation sans bornes et répandit, en termes atroces, le plus noir venin sur toutes les femmes sans exception.

On faillit se battre et la Sainte-Vehme fut à deux doigts de se dissoudre.

Théodule se liquéfiait de douleur,

cependant que Théophile, secrètement affamé d'indépendance et formant des vœux pour qu'une révolution éclatât, mais n'osant se déclarer, gardait un morne silence.

Néanmoins, tout s'apaisa, l'équilibre artificiel fut rétabli; chaque bloc, un instant soulevé, retomba lourdement dans son alvéole; et le terrible pion Théophraste considérant que son troupeau allait, en somme, s'accroître d'une unité, finit par s'épanouir à l'espoir d'une domination plus étendue.

Les inséparables allèrent en corps demander, pour Théodore, la main de l'infortunée qui ne vit pas le gouffre où la précipitait son désir aveugle d'épouser un enfant des preux.

L'enfer commença dès le premier jour. Il avait été convenu que la vie commune continuerait. Les nouveaux époux obtinrent, il est vrai, d'être laissés seuls pendant la nuit, mais il fallut, comme auparavant, que tout le monde fût sur pied à une certaine heure et que nul ne bronchât dans l'observance du règlement le plus monastique.

Théodore dut rendre compte exactement, chaque matin, de ce qui avait pu s'accomplir dans l'obscurité de la chambre conjugale, et la pauvre femme découvrit bientôt avec épouvante qu'elle avait épousé *quatre* hommes.

L'avenir le plus effroyable se déroula devant ses yeux, au lendemain de ses tristes noces. Elle vit en plein la sottise ignoble du rastaquouère dont elle était devenue la femme et l'avilissant état d'esclavage qui résultait de cette affiliation d'imbéciles.

Ses lettres, à elle, furent décachetées par l'odieux Théophraste et lues à haute voix devant les trois autres, en sa présence. Le bison promena sa fiente et sa bave impure sur des confidences de femmes, de mères, de jeunes filles.

Du consentement de son mari, la tyrannie de ce cuistre abominable s'exerça sur sa toilette, sur sa tenue, sur son appétit, sur ses paroles, ses regards et ses moindres gestes.

Etouffée, piétinée, flétrie, désespérée, elle tomba au profond silence et se mit à envier, de tout son cœur, les bienheureux qui voyagent en corbillard et que n'accompagne aucun cortège.

*

Dans les premiers temps, le quadrille l'enfermait à double tour, quand il allait à son bureau où l'administration ne lui eût pas permis de la conduire.

De très graves inconvénients le forcèrent à se relâcher de cette rigueur. Alors, elle fut libre ou dut se croire libre d'aller et venir, environ huit heures par jour.

Elle ignorait que la concierge, grassement payée, inscrivait ses rentrées et ses sorties et que des espions échelonnés dans les rues voisines épiaient avec soin toutes ses démarches.

La prisonnière profita donc de ce simulacre d'élargissement pour s'enivrer d'un autre air que celui du cloître infâme où elle n'osait pas même respirer.

Elle alla voir ses parents, d'anciennes amies, elle se promena sur le boulevard et le long des quais. Elle en fut punie par des scènes d'une violence diabolique et devint encore plus malheureuse : car Théodore, en surplus de ses autres qualités charmantes, était jaloux comme un Barbe-Bleue de Kabylie.

C'en était trop. Il arriva ce qui devait naturellement, *infailliblement,* arriver sous un tel régime.

Mme Théodore écouta sans déplaisir les propos d'un étranger qui lui parut un homme de génie en comparaison de tels idiots. Elle le vit aussi beau qu'un Dieu, parce qu'il ne leur ressemblait pas, le crut infiniment généreux parce qu'il lui parlait avec douceur et devint sur-le-champ sa maîtresse, dans un transport d'indicible joie.

Ce qui vint ensuite a été raconté, ces jours derniers, dans un fait divers.

Mais on m'a dit que, le soir même de la chute, les quatre hommes étant réunis, le Démon leur apparut.

PROPOS DIGESTIFS

Tous les ventres étant pleins, on décida d'en finir avec les pauvres.

A dix heures du soir, une trentaine environ de plantigrades sublimes étaient tombés d'accord sur ce point que les « balançoires » fraternelles avaient duré trop de siècles et qu'il était expédient de verser une ample réprobation sur cette classe guenilleuse qui se complaît malicieusement à fendre le cœur des gens bien vêtus.

Divers motions furent expectorées.

Le Psychologue roucoula qu'il n'y a de beau que la pitié, la vraie pitié judicieuse qui s'émeut aux gémissements du riche, et que c'est un crime social d'encourager la paresse des mendicitaires.

Il ajouta qu'une administration lumineuse aurait le souci de protéger avant tout, contre ces derniers, les intelligences distinguées et les « âmes fines » qui conservent encore parmi nous les traditions de l'élégance aristocratique et de la sensibilité.

La conclusion fut rotée par Francisque Lepion, philosophe gras et plein d'énergie qui réclama nettement les plus insalubres colonies pénitentiaires pour tout citoyen français incapable de justifier de trente mille francs de revenu.

Un homme libre qui avait eu des malheurs à Constantinople et qui s'était rendu célèbre en exécutant des rossignolades à la chapelle Sixtine du suffrage universel, appuya ce juste vœu d'un gazouillement tibicin.

Plusieurs poètes mucilagineux et inextricables énumérèrent les châtiments afflictifs qu'une vigoureuse répression devrait exercer contre les impénitents ou les relaps de la misère.

Les fusillades, les mitraillades, les noyades, les autodafés, les bannissements ou déportations en masse, arrachèrent successivement des cris d'enthousiasme.

Il arriva même qu'un bibliophile ayant sur lui, par bonheur, l'édition princeps et rarissime de ce fameux *Bottin des Supplices,* en quatorze langues, imprimé pour la première fois, au commencement du neuvième siècle, à King-Tchéou-Fou sur les bords du Kiang, par le Plantin du Céleste-Empire, en lut quelques pages et fit pleurer d'attendrissement tous les auditeurs.

Je ne finirais pas si j'entreprenais de rapporter les apophtegmes transcendants que débitèrent, en cette occasion, les femmes parées qui se trouvaient là, et dont la raison est si supérieure à celle de l'homme, comme chacun sait.

D'ailleurs, tout ne sera-t-il pas dit quand on saura que cela se passait chez l'éblouissante vidamesse du Fondement, de qui l'époux trop heureux s'est couvert de gloire en négociant le traité bilatéral, — si longtemps considéré dans les cabinets européens comme un rêve irréalisable —, qui unit désormais, enfin! la principauté de Sodome à la République Française?

Ma conscience d'historien ne me permet pas d'omettre un individu bizarre et passablement indéchiffré, dont la mise précaire étonnait dans un tel milieu.

On le surnommait familièrement Apemantus et il était le Cynique. Cette qualité précieuse lui conférait une espèce de bien venue dans certains groupes ultra-superfins qui prétendaient à l'athénianisme suprême.

— De quoi vivez-vous? lui demanda méchamment un jour, en présence de cinquante personnes, la plus acariâtre des poétesses.

— D'aumônes, madame, répondit-il simplement, avec un sang-froid de poisson mort.

Réponse, d'ailleurs inexacte, qui le caractérisait très bien.

On ne l'embêtait pas trop, lui sachant la dent cruelle, et parfois il dégaînait une sorte d'éloquence barbare qui l'imposait à l'attention des inattentifs les plus rétractiles ou des délicats les plus crispés.

En somme, il disait tout ce qu'il voulait, privilège rare que ne lui contestait personne.

La maîtresse du lieu le pria donc, ce soir-là, de manifester son sentiment.

— Alors, tant pis, ce sera une histoire, dit Apemantus, une histoire aussi désobligeante que possible, cela va de soi; mais auparavant, vous subirez, — sans y rien comprendre, j'aime à le croire —, quelques réflexions ou préliminaires conjectures dont j'ai besoin pour stimuler en moi le narrateur.

Il est malheureusement indiscutable que la pauvreté contamine la brillante face du monde, et il est tout à fait fâcheux que les dames pleines de parfums soient si exposées à rencontrer des petits enfants qui crèvent de faim.

Je sais bien qu'il y a la ressource de ne pas les voir. Mais on sent tout de même qu'ils existent; on entend leurs supplications inharmonieuses, on risque même d'attraper un peu de vermine, — vous savez bien, mesdames, cette ignoble vermine pédiculaire qui « ne se laisse pas caresser aussi volontiers que l'éléphant », comme disait notre grand poète Maldoror, et qui abandonne elle-même de bon cœur le nécessiteux pour se fourrer dans les manchons ou les pelisses d'un inestimable prix.

Tout cela me plonge dans une affliction très amère, et j'applaudis avec du délire à la haute idée d'une immolation générale des indigents.

Toutefois, en attendant la bonne nouvelle des massacres, me sera-t-il permis de demander à ceux d'entre vous qui ne se sont jamais grattés, s'il leur fut donné d'observer, sans télescope, l'inégale répartition de la certitude philosophique en ce qui touche quelques axiomes prétendus?

Pour parler d'une autre manière, où trouver un homme, non encore vérifié et catalogué comme idiot de naissance ou comme gâteux, qui osera dire qu'il n'a pas l'ombre d'un doute sur sa propre *identité*? Car tel est le point.

Très ingénument, je déclare que, songeant parfois au récit de l'Evangile et à l'étonnante multitude de pourceaux qui fut nécessaire pour loger convenablement les impurs démons sortis d'un seul homme, il m'arrive de regarder autour de moi avec épouvante...

— Pardon, monsieur, dit un paléographe, il me semble que vous allez un peu loin.

— Je suis donc dans mon chemin, répliqua l'imperturbable en s'inclinant, car c'est justement très loin que je veux aller.

— Voyons, reprit-il avec bonhomie, je veux bien condescendre à être tout à fait clair. Quel est, dans notre littérature la plus accréditée, je veux dire le roman-feuilleton ou le théâtre, quel est, dis-je, le truc suprême, irrésistible, indéfectible, primordial et fondamental?

Quelle est, si j'ose m'exprimer ainsi, la ficelle qui casse tout, l'arcane certain, le *Sésame* de Polichinelle qui ouvre les cavernes de l'émotion pathétique et qui fait infailliblement et divinement palpiter les foules?

Mon Dieu! c'est très bête, ce que je vais vous dire. Ce fameux secret, c'est tout bonnement, *l'incertitude sur l'identité des personnes.*

Il y a toujours quelqu'un qui n'est pas ou qui pourrait ne pas être l'individu qu'on suppose. Il est nécessaire qu'il y ait toujours un fils dont on ne se doutait pas, une mère que personne n'aurait prévue ou un oncle plus ou moins sublime qui a besoin d'être débrouillé du chaos.

Tout le monde finit pas se reconnaître et voilà la source des pleurs. Depuis Sophocle, ça n'a pas changé.

Ne pensez-vous pas, comme moi, que cette imperdable puissance d'une idée banale tient à quelque symbole, quelque *pressentiment* très profond, cherché, depuis trois mille ans, par les tâtonnants inventeurs de fables, comme Œdipe aveugle et désespéré cherche la main de son Antigone? ...

Nous parlions des pauvres, n'est-ce pas? Nous y voilà donc. Cette mécanique émotionnelle est inconcevable sans le Pauvre, sans l'intervention et la perpétuelle présence du pauvre dont je sollicite, par conséquent, le maintien au théâtre et dans les romans.

Le riche, au contraire, ne peut prétendre à aucune sorte de « boisseau ». Il est impossible à cacher, puisqu'il est partout chez lui. Il crève l'œil, il sue son identité par tous ses pores, du moins en littérature. L'univers le dévisage et Dieu même est tellement embarrassé pour lui fabriquer un rôle dans ses *Mystères* qu'il a dû lui abandonner les pratiques vieillotes et négligeables de la bienfaisance.

Si donc il est nécessaire et même tout à fait urgent de massacrer, j'ose ouvrir le propos d'une sélection préambulatoire, d'une concluante et irréfragable vérification des individus.

— L'anthropométrie des âmes, alors, précisa le psychologue qui s'embêtait ferme.

— Ce chien de mot ou tout autre qui vous conviendra, j'y consens. Mais, de toute manière, il faudrait le crible de Dieu, car je veux bien que le Diable m'emporte si quelqu'un, ici ou ailleurs, a le pouvoir de se délivrer à lui-même un passeport quelque peu valable.

Nul ne sait son propre nom, *nul* ne connaît sa propre face, parce que nul ne sait de quel personnage mystérieux — et peut-être mangé des vers, — il tient *essentiellement* la place.

— Vous vous fichez de nous, Apemantus, intervint alors Mme du Fondement. Vous nous aviez promis une histoire.

— Vous y tenez donc. Soit.

« Un homme riche avait deux fils. Le plus jeune dit à son père :

» — Mon père, donne-moi la part de bien qui doit me revenir.

» Et le père leur partagea son bien.

» Peu de jours après, le plus jeune fils ayant rassemblé tout ce qu'il avait, partit pour une région lointaine, et là, dissipa tout son bien en vivant luxurieusement...»

— Ah! ça, s'écria impétueusement la petite baronne du Carcan d'Amour, par qui la mode fut inventée de se décolleter un peu au-dessous du nombril, mais c'est la parabole de l'Enfant prodigue qu'il nous débite, ce monsieur. Il va nous apprendre que son héros fut réduit à garder les porcs, en mourant de faim et qu'un beau jour, las du métier, il revint à la maison de son père, qui se sentit tout ému, le voyant arriver de loin.

— Hélas! non, madame, répondit Apemantus d'une voix très grave, ce furent les cochons qui arrrivèrent...

La conversation en était là, lorsque Quelqu'un qui ne sentait pas bon fit son entrée dans l'appartement.

TABLE

La tisane .... *Page 7*

Une idée médiocre .... *Page 17*

Propos digestifs .... *Page 33*

Dépôt légal : juin 1993
Achevé d'imprimer sur les presses de Policrom S.A.
Tanger, 25 - 08018 - Barcelone
Espagne
ISBN 2-84099-009-1